PRINSEN AV GULLETS HJERTE

PRINSEN AV GULLETS HJERTE

ALDIVAN TORRES

Canary Of Joy

Contents

1   1

1

Prinsen av gullets hjerte
Aldivan Torres
Prinsen av gullets hjerte

Aldivan Torres
© Aldivan Torres - 2020
Denne boken, inkludert alle delene, er beskyttet av Copyright og kan ikke reproduseres uten forfatters tillatelse, eller overført.

Aldivan Torres, født i Brasil, er en konsolidert forfatter i ulike sjanger. Titlene er blitt publisert i dusinvis språk. Siden han var så gammel, har han alltid vært en elsker av kunsten å skrive, og fått en profesjonell karriere fra andre semester i 2013. Ditt oppdrag er å erobre hjertet av hver av leserne dine. I tillegg til litteratur er det musikk, reiser, venner, familie og gleden av livet selv. For litteratur, likhet, brorskap, verdighet, og menneskets ære er ditt motto.

Prinsen av hjertet av gull

Prins Zaci

Hva er det som skjer, Taú? Hvor er vi?

Taú

Vi er kidnappet og arrestert, Zaci. Uflaks har kommet for oss.

Zaci

Hva skjer nå? Hvor skal vi?

Taú

De tar oss til det nye kontinentet.

Zaci

Herregud. Jeg liker ikke dette. Jeg ville ikke forlate landet mitt. Dessuten har jeg et kongerike å herske og en kvinne å elske. Hva vil skje med mitt folk i Sør-Sudan?

Taú

Jeg ville heller ikke dra derfra. Men å være sammen med deg i denne situasjonen gir meg styrke. Vi vil forene oss og prøve å overleve kaoset.

Zaci

Sant. Takk for støtten. Jeg vet ikke hva jeg skulle gjort uten deg. Min beste venn siden barndommen.

Taú

Du trenger ikke takke meg. Jeg trenger også din støtte. Jeg håper han beskytter oss.

Zaci

La ham høre deg.

Kaptein

Kutt ut pratingen og kom i gang, niggere. Vask skipet ut.

Taú

Vi kommer straks, sir.

Vasker skipet

Kvinne

Herregud. Så grusomt av deg! Denne jobben er veldig vanskelig.

Zaci

Ikke vær redd, frue. Vi har det bra. Hva heter du?

Kvinne

Sabrina og du?

Zaci

Zaci. Hyggelig å møte deg.

Taú

Jeg heter Taú. Vi er vant til hardt arbeid. Vi vil motstå fordi vår vilje for frihet er større enn noe annet.

Kvinne

Men dette er urettferdig. Gud skapte frie menn. Alle, uansett rase, fortjener å bli respektert.

Zaci

Dette er en verden av illusjon. Økonomiske interesser kommer først. Men jeg vet at vi er like.

Taú

Vi kan bare be om styrke så vi kan motstå all motgang. Vi er krigere, og vi gir ikke opp så lett.

Kvinne

Veldig interessant. Jeg ville vite historien din. Kan du si det?

Zaci

Jeg er konge i Sør Sudan. Jeg bodde i et palass omgitt av tjenere sammen med min kone. Utlendinger invaderte vårt territorium, voldtatt og drepte min kone. Så kidnappet de oss. Det er derfor vi er her.

Taú

Jeg er kongens beste barndomsvenn. Sammen var vi lykkelige i Afrika. Skjebnen har tatt alt fra oss. Nå må vi kjempe.

Kvinne

Så slå tilbake. Du kan stole på meg for alt du trenger.

Zaci

Tusen takk, frue. Gå nå, før de finner oss her.

Kvinne

Greit. Bra jobbet.

Fest om natten

Kaptein

Dans for oss, niggere. Vi vil glede oss.

Svart dans

Kaptein

Jeg likte ikke dansen. Du hadde ikke lyst. Du vil bli straffet.

Scener om torturbankende svarte.

Etterpå

Zaci

Hvor er vi?

Taú

Jeg er glad du våknet. Vi led timer som underdanig for de jævlene. De slo oss til vi var kalde.

Zaci

Pokker! Drittsekker! For et hat.

Taú

Rolig. Vi har ingenting å vinne på denne fornærmelsen. Vi må bare gjennomføre det. Når vi kommer til det nye kontinentet, kan vi tenke på en fluktrute.

Zaci

Hvis vi overlever, ikke sant? Slik det går, blir det komplisert.

Taú

Alt er mulig for dem som tror på Gud.

Sabrina

Jeg kom, mine kjære, og tok med mat. Du må være sterk.

Zaci

Takk, Sabrina, takk. Vi trengte det virkelig.

Sabrina

Det var ikke så farlig. Jeg lovte å hjelpe. Jeg liker å delta i gode saker.

Taú

Men vi er takknemlige. Du er en engel i våre liv.

Sabrina

Se på meg som Guds tjener. Det er en lang vei. Jeg vil være hos deg hele tiden.

Zaci
Gud velsigne deg.
I det nye landet
kaptein
Vi kom til Mimoso. Dette er slutten for dere niggere. Jeg solgte deg til en bonde. Dere blir slavene hans.
Zaci
For en undergang for en som en gang var konge! Men det er slik det skal være. Du skal få betale for det, kaptein!
Kaptein
Du kan ikke true! Jeg er glad for å være i live. Jeg kunne ha gjort noe verre.
Taú
Men du gjorde det ikke for å unngå skader. Vi er bare varer for dere. Nå som vi er mennesker med verdier. Det er noe du aldri vil forstå.
Kaptein
Det er nok! Bonden er på vei. Gudskjelov at jeg er kvitt deg en gang for alle.
- Jeg er ikke her
Aluízio
Datter, noen svarte har nettopp kommet fra

hovedstaden. De går på gården. Vil du bli med meg for å se dem?

Catherine

Selvfølgelig, far. Jeg trenger nye slaver i det store huset. Jeg velger personlig.

I innhegningen

Catherine

De er vakre, far. Kan du oppfylle et ønske?

Aluízio

Hva du vil, datter.

Catherine

De skal jobbe for meg i min private innhegning. Jeg savner en mann rundt meg.

Aluízio

Greit, min datter. De står til din disposisjon.

Catherine

Greit, svarte. Hva heter de?

Zaci

Jeg heter Zaci. Jeg står til tjeneste, frøken.

Tau

Jeg heter Taú. Jeg tjener deg gjerne. Det skjer ikke noe ille med deg. Du kan stole på oss.

Catherine

Jeg liker dere. Jeg sparte dere for det harde arbeidet. Du trenger bare å holde følge og gjøre husarbeid, for jeg er ikke flink til det.

Taú

Jeg er en utmerket kokk, og Zaci er en god bokser. Du kunne ikke vært i bedre hender.

Catherine

Jeg liker den informasjonen. Jeg håper du blir lykkelig her. Dessuten vet jeg at det er vanskelig å være slave i et fjernt land, men sånn er loven. Jeg føler med slavens sak.

Zaci

Du virker som en utmerket person. Jeg liker deg.

Taú

Jeg likte henne også en gang. Veldig høflig, intelligent og hyggelig. Ganske ydmyk for en jordeier.

Catherine

Takk, begge to. Jeg er en utviklet kvinne. Jeg tror vi kommer til å komme godt overens.

Prinsen av hjertet av Gull 2

På dametoalettet

Catherine

Du har vært her i dagevis, og jeg vet ingenting om deg. Jeg vil gjerne vite mer om din historie. Kan du si det?

Zaci

Jeg var konge i Sør Sudan. Jeg levde et pompøst og lykkelig liv. Dessuten ble jeg tjent av millioner, og regjeringen min regisserte dem. De var minneverdige og gode tider til det verste skjedde. Vi ble ranet og kidnappet. De brakte oss hit.

Taú

Jeg var assistenten hans. Jeg deltok i regjeringen med flere prosjekter. Vi ble respektert og lykkelige. Vi har ikke noe i dag.

Catherine

Ikke snakk sånn. Det gjør meg trist. Jeg synes slaveri er urettferdig. Det var derfor jeg ville beskytte dem. Dere vil være mine venner og fortrolige. Ingenting vil mangle for deg. Jeg tror ikke friheten er så langt unna. Det er flere sosiale bevegelser i forsvaret av de svarte i landet. Samfunnet har utviklet seg gradvis og urettferdigheter vil rettes.

Zaci

Jeg håper det, frøken. Etter alle disse triste fakta, var du en god ting som skjedde med oss.

Det er det som gir oss håp om en bedre og bedre fremtid. Du ser ut som kona mi. Jeg var fornøyd med min kone i Afrika. Vi hadde mange lykkelige stunder. Vi pleide å reise og jobbe sammen. Dessuten var vi helt forbundet. Å forlate henne har gjort meg trist. Jeg er ikke ferdig med traumet ennå. Det var mer enn ti år med varig sameksistens. Det hjelper å finne deg å finne deg.

Taú

Jeg hadde også kone og barn. Det bringer oss stor sorg. Din tilstedeværelse og støtte er viktig umiddelbart. Vi trenger mye styrke for å møte vår skjebne. Mange av våre brødre har dødd. De døde i slavekvarteret, ydmyket og torturert. Det er tiår med hvit mann ydmykelse og forakt. Det er ikke rettferdig å arbeide for andre. Det er ikke rettferdig å leve ut andres drømmer. Vi har vår individualitet og drømmer. Vi krever våre rettigheter som menneske vi er. Dessuten krever vi vår frihet og individualitet. Uten det blir vi aldri lykkelige.

Catherine

Jeg forstår. Du kan stole på meg. Jeg står til din disposisjon. Vi har vært venner siden da. Vi vil være medskyldige i arbeid og livet. Dessuten er vi et team som søker lykke, frihet og oppfyllelse.

Jeg har stor tro på fremtiden. Jeg håper at arbeidet vårt sammen vil bære frukt. La oss ikke gi opp håpet om drømmene våre. Selv om hindringene er enorme, kan vi møte dem med mye kraft, styrke og tro. Jeg tror på vårt potensial og på å løse ideer. Vi kan bygge noe fordelaktig sammen. Det var det jeg ville si. Jeg må være alene. Ta deg av hestene.

Zaci

All right, Young lady.

Taú

Vi drar. Bli hos Gud.

Catherine

Jeg tenker bare litt. For en smerte de to har opplevd. De lever helt forskjellige historier nå for tiden. Jeg forstår deres bekymring og lidelse. De er i et merkelig land som slaver. Dette er noe veldig smertefullt. Jeg skal beskytte dem. Det skjer ikke noe ille med dere to. Jeg har det bra i firmaet deres. De ser ut som to prinser. En av dem har et hjerte av gull. Han er snill, høflig og hjelpsom. En stor mann som har det vanskelig. Jeg må hjelpe dere begge å finne lykke i dette fjerne land. Det er et oppdrag jeg har. Jeg er ikke interessert i det. Jeg vil se dere begge lykkelige. Å forsørge meg til dette vil gjøre meg glad. Jeg har tenkt på min edle bane. Jeg ble født inn i en rik familie, men jeg var alltid oppmerksom på de fattiges behov. Vi er likeverdige mennesker. Jeg er svartes søster, hvite, indianere eller noen minoritet. Vi er barn av samme Gud.

Spis

Aluízio

God natt, mitt barn. Hvordan jobber de ansatte på gården?

Catherine

De har det veldig bra. Jeg ledet slavene, og hver og en gjorde sin oppgave. Med min koordinasjon har profitten økt. Vi lever i en periode av økonomisk ro. Det tillater oss å lage litt ekstravaganser. Jeg vil ha nye klær og sko. Jeg vil ha god mat og god fritid. Vi må utnytte fruktene av arbeidet vårt.

Aluízio

Jeg er enig. Men vi må spare litt penger også. Det er en trygg måte å unngå krisen på. Det går allerede mange rykter om at slaveriet snart er over. Det gjør oss vondt.

Catherine

Det er ikke helt ille, pappa. Vi kan fortsette med de samme ansatte på bedre vilkår. Det ville være svært nyttig for de svarte. Vi er allerede rike og belønnet for jobben. I utviklede samfunn er det ingen slaveri.

Aluízio

Du er en flott datter, men en elendig visjonær. Jo mer profitt for oss, jo bedre. Jeg foretrekker ting som de er. Det er mer behagelig for oss.

Catherine

Jeg er ikke enig, men jeg respekterer din mening. Jeg ville ha en bedre verden.

Aluízio

Hvordan behandler tjenerne deg?

Catherine

Ok. Jeg fant ut at en av dem var konge i Afrika. Hvem visste at en av slavene våre en gang var konge. Det høres ut som en fantasi.

Aluízio

Dette er virkelig fantastisk. Men vær forsiktig med dem. Vi må unngå nærmere kontakt. Vi har alle vår plass.

Catherine

Jeg vet det, pappa. Men de virker fredelige. De behandler meg godt. Jeg er ikke i stor fare.

Aluízio

Bra. Si fra hvis det er noe.

Prins av hjertet av gull 3

Sent ute i avlingen
Catherine
God ettermiddag, mine kjære. Jeg kom for å se hvordan det går med gården. Det må være slitsomt og kjedelig dette arbeidet.
Taú
Vi er vant til det, frøken. Jobben verdiger mannen. Jeg tror vårt bidrag vil være viktig for landets økonomi. Vi er slaver, og det er godt å føle oss nyttige.
Zaci
Vi har det bra, unge dame. Dette er ikke et passende sted for folk på ditt nivå. Du burde hvile på gården. Den sterke solen kan skade huden din.
Catherine
Jeg kjedet meg på gården. Jeg liker å omgås, snakke og se folk. Alt for meg handler om refleksjon, planlegging og handling.
Zaci
Jeg skjønner. Jeg føler med deg. Du er også vakker og karismatisk.
Catherine
Jeg setter pris på din vennlighet. Det er godt

å føle seg vakker. En kompliment fra en prins er kritisk for meg. Hver dag føler jeg meg lykkeligere ved din side. Du kan stole på min hjelp. Jeg skal være deres beskytter.

Taú

Vi setter pris på det. Vi har grunn til å drømme om bedre dager. Dessuten vil vi fortsette å kjempe for slavens sak. Det er mye bevegelse i landet på det.

Catherine

Du har min støtte. Jeg trenger bare en lov for å slippe dem fri. Det har vi alle rett til.

Zaci

Jeg er enig. Det er som ordtaket sier, alt skjer til rett tid. La oss arbeide med våre mål, så seieren vil komme.

I dammen

Zaci

Det var en god idé å komme hit etter en lang arbeidsdag. Takk for muligheten, frue.

Taú

Jeg elsker disse fritiden. Vi gjorde det ofte i Afrika. Jeg tenker bare på hvor mye jeg savner deg.

Catherine

Du trenger ikke takke meg. Det er en stor mulighet for å distrahere. Du fortjener det for din hengivenhet til jobben. Vi kan bli bedre kjent med hverandre også.

Zaci

Jeg begynner. Jeg er en voksen, hardtarbeidende, ærlig mann. Dessuten har jeg kongelig blod og bondesjel. Alt jeg gjør, er av kjærlighet til naboen min. Vi står overfor et urettferdig samfunn i dens regler og verdier. Jeg føler meg forpliktet til å kjempe med all min styrke. Jeg vil bli husket for min karakter og besluttsomhet.

Taú

Jeg er en god tjener. Dessuten utfører jeg mine plikter. Jeg er en god følgesvenn og venn. Vennene mine lovpriser meg for lojaliteten min. Og du? Hvem er du, frøken?

Catherine

Jeg ble født inn i en rik familie. Den gode økonomiske situasjonen lot meg studere og eie livet mitt veldig tidlig. Men jeg lærte av livet. Jeg vet at virkeligheten til de fleste er annerledes enn min situasjon. Jeg setter pris på minoriteter. Dessuten liker jeg å omgås edle saker. Jeg vil at samfunnet skal utvikle seg og ha mer likhet mellom mennesker. Vi er alle like foran Gud. Når det gjelder personlig, er jeg en søt, høflig, intelligent jomfru. Jeg har gode vaner og verdier. Jeg må tilstå at jeg lidenskapelig frøken? Catherine for menn, spesielt svarte.

Zaci

Ja vel! Jeg elsker kvinner i enhver farge. Men jeg vet at jeg er av et annet nivå. Jeg respekterer sjefene mine.

Catherine

Jeg kan ikke tro dette. Du er en prins, husker du? Ditt nivå er enda høyere enn mitt.

Zaci

Men nå er jeg bare en enkel slave. Jeg vil ikke lage problemer for deg, men jeg liker deg.

Taú

Jeg støtter dere begge. Dere er et vakkert par. Du kan stole på min beskyttelse. Ingen får vite det.

Zaci

Vil du være kjæresten min, Catherine?

Catherine

Jeg vil. Jeg likte deg fra begynnelsen. Dessuten er jeg ikke fordomsfull fordi jeg er en utdannet kvinne. Vi skal være sammen. Jeg har alltid ønsket mitt livs kjærlighet. Nå som jeg har funnet den, mister jeg den ikke. La oss lage en vakker historie.

Zaci

Jeg lover å gjøre deg lykkelig. Med diskresjon bygger vi et perfekt forhold. Når tiden er inne, vet vi hvordan vi skal handle. Jeg vet bare at jeg vil ha deg som min kone. Selv mot alle, vil jeg kjempe for den kjærligheten.

Catherine

Jeg vil også kjempe for den kjærligheten. Vi er fri og har kapasitet til å elske. Jeg bryr meg ikke om regler. Jeg vil bare leve og være lykkelig.

Taú

Gratulerer med paret. Måtte den kjærligheten vare evig. Kjærlighet er verdt det. Dette er viktige øyeblikk i livet som vi ikke må gå glipp av. La oss glemme skammen og nyte det livet tilbyr oss. Jeg har allerede en kjæreste. Min konge savnet sin kjærlighet. Jeg ønsker deg all lykke i verden. Ingen kan skille deg, for jeg innser at dere virkelig elsker hverandre. Som jeg sa, jeg er her for deg. Jeg vil være din medskyldige til enhver tid. Du fortjener å være lykkelig.

Prinsen av hjertet av gullet 4

Stort hus

Zaci

Faren din er bortreist. Dette er en stor sjanse for oss til å flykte.

Catherine

Hvor skal vi, kjære?

Taú

La oss dra til Svart by. Våre svarte brødre venter på oss.

Skogen

Zaci

Hvorfor tok du imot tilbudet mitt? Det er for risikabelt for en ung jomfru å rømme hjemmefra. Jeg har ingenting å tilby deg.

Catherine

Fordi jeg elsker deg og jeg liker intense eventyr. Rikt liv har aldri likt meg. Jeg har alltid følt meg ille til mote. Jeg nøyer meg med lite. Du trenger bare kjærlighet og frihet.

Taú

Du er veldig modig. Men hvordan vil faren din reagere?

Catherine

Jeg la igjen et brev som forklarer alt. Faren min ville aldri fordømme meg. Han elsker meg.

Zaci

Men han ville ikke akseptere meg som din ektemann. Jeg må vokte meg mot alle represalier. Jeg angrer ikke på handlingen min. Dessuten ville jeg være fri i dets fulle uttrykk.

Catherine

Jeg støtter deg, min kjære. Jeg er der du er.

På gården

farmer

Datteren min stakk av med de to svarte fyrene. Hva har jeg gjort, min Gud? Jeg oppdro en datter med så mye ondskap til å gjøre henne til niggers kone.

Guvernante

Jeg forstår din smerte, baron. Men det var hennes valg. Det må vi respektere.

Farmer

Jeg respekterer det ikke. Jeg vil ha tilbake datteren min. Dessuten skal jeg rapportere deg til myndighetene. Jeg vil finne dem i helvete.

Delegere

Hva er det, baron? Hva er det som skriker?

Farmer

Jeg er glad du kom. To svarte menn tok med datteren min til Svart by. Dette er en kidnapping. Vi må hjelpe datteren min.

Delegere

Er du sikker på at hun ble kidnappet? Å gå etter dem er uvøren. De kan forsvare seg.

Farmer

Jeg vil ikke vite det! Be guvernøren hjelpe deg med å sende inn troppene. La oss vise niggerne hvem sin sjef det er.

Delegere

Greit! Jeg skal gjøre det jeg kan.

Lager

Gjør det umulige! Jeg vil ha tilfredsstillende resultater, ellers mister du jobben.

Delegere

Greit, baron, greit! Jeg lover at du får resultatene.

I Svart byen

Zaci

Er dere alle sammen? Hvordan føler du deg?

Catherine

Glad og bekymret. Jeg vil ikke at du skal lide på grunn av meg. Du skulle ha etterlatt meg. Det er den eneste måten du kan unnslippe.

Zaci

Jeg hadde ingen utvei. Å leve som slave er veldig skandaløst. Jeg måtte ta en sjanse. Jeg har kongelig blod. Dessuten fortjener jeg håp om frihet og kjærlighet.

Catherine

Jeg tror jeg har et stort ansvar for det. Hva skjer etter det? De leter nok etter oss nå. De vil nok finne oss til enhver pris. De kan arrestere deg, men jeg blir med dem. Jeg vil ikke åpne denne kjærligheten selv når døden står overfor.

Zaci

Jeg trodde aldri at en hvit kvinne var så bestemt. Du minner meg om min kone fra Afrika. Jeg tror også det er kjærlighet. Kjærlighet er noe helt uten kontroll og uforklarlig. Jeg liker den følelsen. Jeg tror på hans makt til å skape mirakler fordi Gud selv er kjærlighet. Vi er frukten av denne kjærligheten som overgår reinkarnasjoner. Jeg tror på skjebnen. Jeg tror vi er ånder knyttet til andre reinkarnasjoner. I riktig øyeblikk var vi i en ufeilbarlig situasjon i dette livet, og smerten forente oss. Smerte gir oss mot og styrke. Håp og tro forvandler forhold. Handlinger viser hvem vi er og hva vi ønsker. Vi er foreningen av begjær og sliter. Skaperens lærling i en verden av bot og prøvelser. Her venter vi på at ting skal skje.

Catherine

Sant! Vi er klare for alt. Styrken styrker og trøster oss. Vi venter på bøddelen med høyt hode. Vi vil møte vår skjebne med mot. Døden er ingenting sammenlignet med våre villeste drømmer. Du må ta sjanser for å være lykkelig.

Zaci

Ingenting vil skje med deg. Du kan hvile. La våre fiender forfølge oss. Jeg går ikke opp mot dem. Jeg skulle ønske jeg hadde en grunn til å snakke med faren din. Flukten var et påskudd. Jeg kunne ikke holde det hemmelig hele livet. Vi må miste frykten og møte motstanderne. Jeg ser rykter om at slaveriet slutter. Alt som gjenstår er å signere loven, som kan skje de neste dagene. Gjennom juridiske kanaler vil vi ha vår rett som borgere.

Taú

Ro dere ned. Vi har en stor Gud på vår side. Alt i livet vårt er skrevet. Dere har sikkert skrevet en vakker historie. Din kjærlighet er sann. Dere har rett til å være sammen. Jeg skal støtte og beskytte dere begge. Jeg er en utdannet kriger. Vi er sterkere enn regjeringen.

Zaci

Endelig er du kommet. Min kone og jeg ventet. Vi må snakke sammen.

Baron

Du har gjort meg en stor disposisjon. Du kidnappet datteren min uten forklaring. Dette kan ikke fortsette sånn. Du må betale for dine feil.

Catherine

Det er ikke sant, pappa. Jeg kom av egen fri vilje. Du må forstå at vi elsker hverandre, og vi må være sammen.

Taú

Jeg er et vitne. Datteren din ble ikke tvunget til noe. Vi ville bare ha rett til vårt rom. Vi trenger også friheten som alle mennesker fortjener.

Baron

Jeg vil bare ha datteren min tilbake, og den kriminelle låste seg inne. Gjør din plikt, general.

General

Med en gang, baron, umiddelbart. Jeg elsker å gjøre rettferdighet. Ikke slå tilbake, nigger. Det er bedre å akseptere situasjonen fredelig.

Zaci

Jeg blir med deg. Slipp de andre fri. Ikke skad noen.

Catherine

Jeg blir med og kjemper for rettferdighet. Det kommer til å gå bra, baby.

I det store huset

Baron

Nå er det vår tur til å snakke. Hvilken galskap er dette, min datter? Med den holdningen ble vi hånet av hele regionen. Har du ikke tenkt over skammen du har pådratt deg? Familien min er demoralisert.

Catherine

Jeg demoraliserte ikke familien min. Jeg ville bare overta forholdet mitt. Dessuten er det ikke rettferdig at et hyklersk samfunn kan diktere min skjebne. Jeg vil ha sjansen til å ha det gøy og være lykkelig. Jeg støtter friheten for alle mennesker, for det er slik Gud skapte oss. Det blir ikke du eller noen andre som hindrer meg i å være lykkelig. Ikke engang døden kan stoppe ekte kjærlighet. Det var du som sviktet meg, pappa. Jeg forventet din støtte og forståelse i en vanskelig tid som dette. Jeg håpet du ville forstå mine grunner for å oppføre deg slik. Dessuten håpet jeg at du ville droppe de sosiale konferansene og akseptere meg. Det er en stor skuffelse for meg, mye større enn din. Forstår du ikke at du mister ditt livs eneste kjærlighet for smålige holdninger? Hvem skal passe på deg når du er eldre? Hvem har vært med deg hele livet, uten å forklare? Jeg forventet mer av deg. Jeg er din eneste datter. Hvis jeg rømte, var det fordi jeg ikke hadde noe valg. Jeg er ikke lykkelig i mitt privatliv. Jeg ba ikke om å bli født rik eller oppdagelsesreisende. Dessuten vil jeg bli kvinne. Livet mitt skal gifte seg og få barn. Jeg fant den i gullets fyrste, min sanne kjærlighet. Respekter valget mitt og løslat min kjærlighet.

Baron

Du har visst ikke lært noe. Du vet ikke hvor ekte dimensjon dette er. Vi er arrestert av fornuft, barn. Det er en skam å gifte seg med en svart mann fordi han ikke er på ditt sosiale nivå. Han er en slave. Forstår du ikke at det er en uovervinnelig avgrunn mellom dere?

Catherine

Han er ikke mitt sosiale nivå. Han er på et høyere nivå. Dessuten var han prins i sitt land. Han har edelt slekt. Men vi elsker hverandre uansett. Ingenting kan endre det.

Taú

God ettermiddag, alle sammen. Jeg kommer med gode nyheter. Prinsesse Elizabeth har nettopp skrevet inn i jus. Fra nå av er alle slaver fri. Det er ingen grunn til å holde Zaci innelåst. Vi vil kreve friheten din.

Baron

Greit, du vinner. Du kan gå etter ham. Men du har ikke min velsignelse. Jeg vil ikke vite mer om deg. Drømmen tok slutt her. Jeg bryr meg ikke om hvor gammel jeg er. Jeg er fortsatt rik, og jeg kan finne en god kvinne. Du kan dra med en gang.

Taú

Du vet ikke hvilken feil du begår. Datteren din er en fantastisk person, og hun fortjener ikke dette. Gamle gretne og uvitende. Du kommer til å få lide mye.

Catherine

Vi skal respektere avgjørelsen din. Jeg vil ikke dø på grunn av din forakt, pappa. Jeg skal forlate mitt lykkelige liv hos min mann. Og jeg skal leve med tro på Gud. Jeg kan miste alt i livet mitt, unntatt min tillit til Gud. Jeg kan bare ønske deg lykke til.

Politistasjon

Taú

Vi er kommet for dere, sparringspartner. Fengslingen er over. Nå er vi alle like og frie.

Zaci

For en fantastisk gave av livet! Mener du at vi endelig kan være lykkelige? Dette er nesten utrolig.

Catherine

Tro meg, min kjære. Det er sannheten. Herfra går vi til Svart by. Vi vil begynne et nytt liv uten videre forfølgelse. Livet har gitt oss sjansen til å være lykkelige. Vi må utnytte dette.

Zaci

Sant. Akkurat nå forestiller jeg meg alle mine myrdede brødres lidelse. Dette er vår prestasjon. Jeg trodde ikke jeg ville bli lykkelig i kjærlighet heller. Men det kommer en stor overraskelse. Jeg er helt lykkelig. Takk Gud for det.

Taú

Takk, store Gud. La oss begynne å legge planer for fremtiden. Utfordringen begynner nå.

Prins av Hjertet til Gold 6

Ligger i senga

Baron

Vær så snill, jeg trenger hjelp. Jeg lider mange smerter og ensomhet. Jeg føler meg ikke bra. Bli hos meg. Du skal få mye penger. Jeg er en rik mann, og jeg kan oppfylle drømmene dine. Ikke vær sjenert. Du kan komme nærmere. Jeg trenger varme. Jeg må føle meg viktig. Dessuten vil jeg ha en grunn til å leve og drømme. Etter alle disse årene, fortjener jeg det. Jeg har alltid vært rettferdig mot mine ansatte. Jeg har alltid vært ærlig i min bransje. Da fortjener jeg en pause. Jeg fortjener en menneskelig tilflukt.

Hushjelp

Ikke få meg til å le. Du har alltid vært en korrupt jævel. Du slavebundet de svarte og drev datteren hans ut herfra. Dessuten fortjener du å lide så mye for å betale for dine synder. Du får ikke min hjelp. Du vil lide sakte. Ikke engang lønnen du betaler riktig. Jeg er ikke datteren din! Hvis du ville ha fred, hadde du akseptert datteren din. Du er en fordomsfull, uvitende gammel mann. Du tror alt dreier seg om deg. Og du er bare en liten mark. Tenk på all skade du har gjort. Angrer på feilene dine og prøver å være et bedre menneske. Det gir energi til sjelen. Be og be om beskyttelse fra helgenene dine. Din ende er nær. Den triste saga om baronen av Mimoso.

Baron

Jeg er i ulydighet! Jeg angrer på det jeg gjorde mot datteren min. Dessuten var jeg en bølle mot henne, og nå er jeg alene. Jeg trodde jeg ville være frisk resten av livet. Men vi er dødelige. Vi er skjøre vesener som ikke skal være stolte. Jeg håper at lidelse frigjør sjelen min. Jeg vil ha en sjanse til å forsone meg med Skaperen. Når vi ikke lærer forelsket, lærer vi smerte. Det fant jeg ut for sent.

Hushjelp

Jeg er glad du tenkte over det. Jeg skal be om sjelen din. Sykdommen din er håpløs. Hans død er uunngåelig. Men hvis det ble for å forene ham til Gud, var det en god mulighet. Måtte Gud være deg nådig.

Svart by

Catherine

Hvordan analyserer du forholdet vårt?

Zaci

Det var en gave i denne verden. Da jeg ikke hadde håp om å være lykkelig, dukket du opp. Da jeg ble kidnappet i Afrika, kollapset min verden. Hjertet mitt ble fylt av sinne, angst og indignasjon. Jeg tenkte bare på skuffelsen i livet. Mange ganger tenkte jeg og gråt med mine uhell. Jeg følte meg helt alene og desperat. Jeg følte meg ikke som noe. Men så møtte jeg deg. Jeg forelsket meg i deg. Jeg glemte fortiden min og reiste meg igjen. Dessuten hadde jeg mot til å møte mine verste fiender og ble en respektert, fri og lykkelig mann. Jeg anser forholdet vårt å være svært positivt. Vi respekterer hverandre og elsker hverandre høyt. Alle har frihet til å ta våre egne avgjørelser. Jeg er fornøyd. Og du? Hvordan føler du deg?

Catherine

Jeg føler meg som en dyktig kvinne. Jeg forvandlet konseptene og gjenopplivet håpet. Dessuten åpnet jeg meg for skjebnen og fant meg selv som person. Jeg åpnet min verden utsikt med nye muligheter. I dag er jeg en kvinne forvandlet av Gud og med liv. I dag forstår jeg alle aspekter ved menneskeheten. Jeg vil se etter nye ting og oppleve forskjellige situasjoner. Jeg har lært at det er å leve man lærer. Dessuten forsto jeg at alt i verden har sin tid og sted. Jeg forstår at vi må gripe mulighetene fordi de er unike muligheter. Vi må prøve å finne kjærlighet uten forventninger. Vi må tilgi andre og rette opp feilene våre. Dessuten må vi fortsette å drømme og legge nye planer. Vi må tro på evnen vår selv i møte med store hindringer. Vi må være verdt hvert øyeblikk.

Taú

Jeg er glad på deres vegne. Jeg er vitne til deres

kjærlighet. Dessuten fulgte jeg denne stien fra begynnelsen, og jeg kan si at denne kjærligheten er sann. Vi trenger flere slike eksempler i vår verden. Vi må tro på kjærlighet selv når det unnslipper oss. Noen ting bør vi understreke: Tro, mot, besluttsomhet, fagforening, fagforening og kjærlighet. Den største av dem er kjærlighet. Hold deg i humør. Du har alt å bygge en vakker bane hinsides fordommer. Du seirer fordi du tror på prosjektet ditt. Vær bestemt til enhver tid. Jeg vil alltid være med deg for din beskyttelse. Jeg takker dette landet at vi fikk åpne armer. Dessuten anser jeg meg selv som brasiliansk og er entusiastisk for nasjonen. La oss få landet til å vokse og utvikle seg. Vi har stort potensial. Vi må vise verden hva Brasil har. Dere er et eksempel på et par som har fungert. La dette fortsette fra generasjon til generasjon.

Slutt

www.ingramcontent.com/pod-product-compliance
Lightning Source LLC
LaVergne TN
LVHW021049100526
838202LV00079B/5381